Liliana Cinetto

EL ASNO Y EL LOBO

Y OTRAS

FÁBULAS

Ilustraciones
Victoria Assanelli

ALBATROS
TUS MARAVILLAS

PRÓLOGO

Las fábulas son historias tan viejas, tan viejas, tan viejas que ya se contaban hace miles de años, incluso mucho antes de que se inventara la escritura. Aunque algunas están protagonizadas por seres humanos, casi casi siempre los personajes de las fábulas son animales que, eso sí, hablan, piensan, se enojan, se ríen, hacen lío... Es decir, que se portan como personas. Dicen que justamente por eso surgieron las fábulas, para mostrar distintas conductas humanas y hacer así reflexionar sobre lo que está bien y lo que está mal. Lo cierto es que en las fábulas se critican, por ejemplo, la maldad, la ambición, la mentira, la envidia y otros defectos. Y se exaltan virtudes como la prudencia, la solidaridad, la previsión, la laboriosidad... Esa es la razón por la que, para muchos, las fábulas son un género didáctico, que intenta enseñarnos algo. Por las dudas de que el que las leía no las entendiera, algunos autores de fábulas colocaban al final una moraleja que explicaba CLA-RA-MEN-TE lo que habían querido decir con el relato. Esto lo hacían sobre todo en Francia, allá por el siglo XVIII, los escritores que pertenecían a un movimiento artístico llamado Neoclasicismo. Pero esto no es necesario, por supuesto, porque cada lector puede pensar solito y sacar sus propias conclusiones. Por eso no siempre las fábulas terminan con una moraleja, como ocurre con las más antiguas que conocemos que son las de Esopo. De él se dice que era un esclavo que vivió en Grecia hacia el año 550 a. C. y que consiguió su libertad gracias al talento para crear estas historias, aunque nada de esto es seguro, como tampoco que él haya inventado todas las fábulas que se le atribuyen. Pudo haber sido un recopilador que las escuchó por ahí o un aedo, que era un cantor ambulante que narraba cuentos. Lo cierto es que a él se lo considera el padre de este género y dicen que los chicos griegos se tenían que aprender sus fábulas de memoria en la escuela.

Además de las de Esopo, llegaron hasta nosotros fábulas desde la India a través de un libro llamado *Panchatantra*, y también desde Persia y Arabia, y con algunas adaptaciones, se difundieron por Europa a través de colecciones como *Calila* y *Dimna*, *El libro de los gatos* o *El libro de los ejemplos*. Otros fabulistas muy famosos son Fedro, de la época de los romanos; Jean de la Fontaine, de Francia; Tomás de Iriarte y Félix María Samaniego, de España...

En prosa o en verso, en distintas épocas y en diferentes lugares, anónimas o en versiones literarias, las fábulas han sabido sobrevivir al olvido como otros cuentos populares gracias a su sabiduría y nos siguen haciendo reír y meditar sobre cómo somos los seres humanos.

Liliana Cinetto

LA GALLINA Y EL GRANO DE TRIGO

Temprano se había levantado la gallinita. Se acomodó cuatro plumas que tenía despeinadas y se puso a buscar comida. Al rato nomás encontró un granito de trigo. Podía comérselo ¡GLUP! de un solo bocado. Pero en lugar de comerlo, les preguntó a sus compañeros de la granja:

—¿Quién me ayuda a plantar este grano de trigo?

—¡Yo, no! —contestó el cerdo.

—¡Yo, tampoco! —contestó el pato.

—¡Yo, menos! —contestó la vaca.

—¡Yo, ni loco! —contestó el gato.

Entonces, la gallina buscó un lugarcito con tierra y sembró solita su grano de trigo. Al poco tiempo, brotó una pequeña planta que fue creciendo y creciendo hasta que se convirtió en una espiga dorada. Fue en ese momento cuando la gallinita les preguntó a sus compañeros de la granja:

—¿Quién me ayuda a cortar el trigo?

—¡Yo, no! —contestó el cerdo.

—¡Yo, tampoco! —contestó el pato.

—¡Yo, menos! —contestó la vaca.

—¡Yo, ni loco! —contestó el gato.

Entonces, la gallina buscó una hoz bien afilada y cortó solita el trigo. Fue en ese momento cuando la gallinita les preguntó a sus compañeros de la granja:

—¿Quién me ayuda a llevar el trigo al molino?

—¡Yo, no! —contestó el cerdo.

—¡Yo, tampoco! —contestó el pato.

—¡Yo, menos! —contestó la vaca.

—¡Yo, ni loco! —contestó el gato.

Entonces, la gallina llevó solita el trigo hasta el molino. Y allí lo molió hasta convertirlo en harina blanca y finita. Fue en ese momento cuando la gallinita les preguntó a sus compañeros de la granja:

—¿Quién me ayuda a amasar pan?

—¡Yo, no! —contestó el cerdo.

—¡Yo, tampoco! —contestó el pato.

—¡Yo, menos! —contestó la vaca.

—¡Yo, ni loco! —contestó el gato.

Entonces, la gallina se puso solita a amasar pan. Y al rato, por toda la granja, se sentía un olorcito a pan recién horneado. Mmm... A todos los animales se les hizo agua la boca. Fue en ese momento cuando la gallinita les preguntó a sus compañeros de la granja:

—¿Quién me ayuda a comer pan?

—¡Yo claro! —contestó el cerdo.

—¡Yo también! —contestó el pato.

—¡Yo por supuesto! —contestó la vaca.

—¡Yo ni loco me lo pierdo! —contestó el gato.

La gallinita sacó el pan del horno, dorado, crujiente, delicioso... Miró a sus compañeros de la granja y les dijo:

—Yo planté la semilla y corté el trigo solita, y solita lo llevé al molino, y solita además amasé y horneé el pan. Por eso, me lo voy a comer solita.

Todo se lo comió. Porque el pan estaba rico. Riquísimo. Tan rico que no dejó una sola miga.

LA LECHERA

(Versión libre de una fábula de Esopo)

Contenta iba al mercado la lecherita, tarareando una canción. Llevaba en la cabeza un cántaro lleno de leche. Leche riquísima, fresquita, recién ordeñada… Estaba segura de que la vendería enseguida. Y a buen precio.

—Con el dinero que me paguen me voy a comprar un canasto de huevos —pensaba mientras caminaba ligerito—. ¡Qué digo un canasto! Diez canastos me voy a comprar. Y así, muy pronto, voy a tener pollitos. Muchos pollitos.

Ya se imaginaba la lecherita a los pollitos picoteando en el corral, buscando semillas y bichitos. Estaba tan entusiasmada que no veía la hora de llegar al mercado y se apuró un poco, mientras seguía sueña que te sueña.

—Pero no me voy a quedar con los pollitos —se dijo al rato—. No, señor. Después del verano, cuando hayan crecido, los puedo vender y comprarme… ¡Ya sé! Un cerdo. Sí, sí, un cerdo que voy a criar hasta que esté bien gordito.

Ya se imaginaba la lecherita al cerdo comiendo nueces y bellotas. Estaba tan entusiasmada que no veía la hora de llegar al mercado y se apuró un poco más, mientras seguía sueña que te sueña.

—Claro que no me voy a quedar con el cerdo —siguió pensando la lecherita—. Cuando el cerdo esté bien grande, lo voy a vender. Y voy a ganar tanto, tanto, pero tanto que va a alcanzarme para comprar... ¡Una vaca! Sí, sí. Una vaca que me dará leche y que, además, al poco tiempo tendrá un ternerito y...

Ya se imaginaba la lecherita a la vaca con su ternerito pastando en el campo. Estaba tan entusiasmada que no veía la hora de llegar al mercado y, mientras seguía sueña que te sueña, se apuró todavía más.

Demasiado se apuró. Y con el apuro no vio una piedra que había en el camino. Una piedra grandota. No la vio la lecherita que iba distraída sueña que te sueña.

—Con la vaca y el ternero voy a ser rica —iba diciendo cuando tropezó con la piedrota.

Por eso el cántaro que llevaba en el cabeza se le cayó y la leche riquísima, fresquita, recién ordeñada… se derramó. Toda, hasta la última gota.

Y la lecherita que ya se creía rica, se quedó sin leche, sin vaca, sin ternero, sin cerdo, sin pollitos y sin huevos.

EL ASNO Y EL LOBO

(Versión libre de una fábula de Esopo)

Tranquilo estaba aquel día el asno comiendo pasto en el prado. Tan tranquilo que no se dio cuenta cuando, así como así, de sopetón, se le apareció ¡el lobo! Hambriento estaba el lobo. Le mostraba todos sus dientes. Y se relamía.

—¡Ñam, ñam!

El asno se asustó muchísimo. Tanto que tuvo ganas de correr. Pero sabía que era inútil. El lobo podría alcanzarlo enseguida. En dos zancadas. Porque era mucho más rápido. Y más fuerte. ¿Qué podía hacer para salvarse? El asno pensó y pensó y pensó… Y de pronto, tuvo una idea: empezó a renguear.

—¡Ay, ay, ay! —se quejaba.

El lobo, desconcertado, le preguntó qué le pasaba.

—Me clavé una espina en la pata —le explicó el asno—.
Justo al saltar aquellos matorrales.
Y me duele muchísimo.
¿No podrías sacármela,
por favor?

El lobo dudó, pero enseguida contestó burlón:

—¿Para qué? Si de todos modos voy a comerte…

—Ya sé que vas a comerme igual —insistió el asno—. Pero si me quitaras la espina, no correrías riesgo de lastimarte. Es que es tan filosa, tan puntiaguda, tan grande…

—Tiene razón —pensó el lobo—. Mejor le saco la espina.

Y confiado, levantó la pata del asno para revisarla.

—A ver, a ver… —dijo mientras buscaba la espina.

Fue entonces cuando recibió una patada en pleno hocico. Una patada que le hizo volar cuatro dientes. Una patada tremenda que le dio el mismísimo asno antes de salir corriendo. Una patada que lo dejó desparramado en el suelo. Ahí se quedó un largo rato, sin saber ni cómo se llamaba.

Para cuando se repuso del golpe, el asno ya estaba lejos.

—¿A qué me meto yo a hacer de médico, si no sirvo para eso? —se reprochó, mientras se alejaba refunfuñando. Y masajeándose la trompa que le había quedado más colorada que un tomate.

EL PASTORCITO MENTIROSO

(Versión libre de una fábula de Esopo)

Que el pastorcito cuidaba siempre a sus ovejas lo sabían todos. Las llevaba día tras día al prado para que comieran pasto tierno y las vigilaba cuando se acercaban al arroyo a tomar agüita. Y estaba atento para que no se le perdieran entre los matorrales y las contaba UNODOSTRESCUATRO cuando entraban al corral para que no le faltara ninguna... Y sobre todo, el pastorcito abría bien grandes los ojos mientras sus ovejas pastaban. Para ver si asomaba el hocico el animal más malo, el más feroz, el más temible, el que siempre merodeaba por allí y trataba de comerse a sus ovejas: ¡el lobo! Sí, todos sabían eso. Lo que NADIENADIENADIE podía imaginarse era que, una mañana, así como así, al pastorcito se le ocurrió hacerles una broma a los labradores que trabajaban ahí nomás, en los campos vecinos. Estaría aburrido. O tendría ganas de divertirse. O de molestar. ¿Quién sabe? Lo cierto es que empezó a gritar desesperado:

—¡El lobo! ¡Socorro! ¡Viene el lobo! ¡Ayúdenme, por favor!

Y todos dejaron su trabajo y corrieron a
ayudarlo, claro. Iban dispuestos a espantar
al lobo, a enfrentarlo, a obligarlo a huir...
Fueron con horquillas y rastrillos, con
azadones y picos, con palos y palas...

Hasta con una cacerola fue uno porque justo cuando se oyó el griterío estaba a punto de preparar el almuerzo. Pero cuando llegaron junto al pastorcito y sus ovejas, se quedaron con la boca abierta. Porque allí, en el prado, no había ni rastros de un lobo.

—¿Dónde está? —preguntaron.

El pastorcito empezó a reírse. Como loco se reía. A las carcajadas.

—No hay ningún lobo —confesó—. ¡Fue una broma!

—Ja, una broma, muy gracioso —refunfuñaron los campesinos mientras regresaban a sus trabajos.

Se olvidaron, eso sí, de la broma, cuando se les pasó el enojo. Por eso, a los pocos días, cuando el pastorcito volvió a gritar desesperado:

—¡El lobo! ¡Socorro! ¡Viene el lobo! ¡Ayúdenme, por favor! —todos dejaron sus trabajos y corrieron a ayudarlo.

Iban dispuestos a espantar al lobo, a enfrentarlo, a obligarlo a huir... Fueron con horquillas y rastrillos, con azadones y picos, con palos y palas... Hasta con un cucharón fue uno porque justo cuando se oyó el griterío estaba a punto de servir la sopa. Pero cuando llegaron junto al pastorcito y sus ovejas, se quedaron con la boca abierta. Porque allí, en el prado, no había ni rastros del lobo.

—¿Dónde está? —preguntaron.

El pastorcito empezó a reírse. Como loco se reía. A las carcajadas.
—No hay ningún lobo —confesó—. ¡Fue otra broma!

—Ja, otra broma, muy gracioso —refunfuñaron los campesinos mientras regresaban a sus trabajos.

Pero se olvidaron de la broma, cuando se les pasó el enojo. Por eso, a la semana, cuando el pastorcito volvió a gritar desesperado:

—¡El lobo! ¡Socorro! ¡Viene el lobo! ¡Ayúdenme, por favor! —todos dejaron una vez más sus trabajos y corrieron a ayudarlo.

Iban dispuestos a espantar al lobo, a enfrentarlo, a obligarlo a huir... Fueron con horquillas y rastrillos, con azadones y picos, con palos y palas... Hasta con una palangana fue uno porque justo cuando se oyó el griterío estaba a punto de lavarse las orejas. Pero cuando llegaron junto al pastorcito y sus ovejas, se quedaron con la boca abierta. Porque allí, en el prado, no había ni rastros del lobo.
—¿Dónde está? —preguntaron.

El pastorcito empezó a reírse. Como loco se reía. A las carcajadas.
—No hay ningún lobo —confesó—. ¡Fue una nueva broma!

—Ja, una nueva broma, muy gracioso —refunfuñaron los campesinos, mientras regresaban a su trabajo.

Esta vez no se olvidaron de la broma ni se les pasó el enojo. Por eso, cuando DEVERDADDEVERDAD apareció el lobo en el prado dispuesto a comerse a las ovejas del pastorcito NADIE fue a ayudarlo. Y eso que era un lobo malo, feroz, temible... Y que el pastorcito gritó desesperado:

—¡El lobo! ¡Socorro! ¡Viene el lobo! ¡Ayúdenme, por favor!

Los labradores siguieron trabajando sin prestarle atención.

—Ja, debe ser una broma —se dijeron.

Y así, el pastorcito se quedó sin ovejas. Porque aunque esta vez era cierto que venía el lobo, nadie le creyó.

LA ZORRA, EL GALLO Y LOS PERROS

(Versión libre de una fábula de Esopo)

Flaca estaba la zorra. Flaquísima. Tan flaca que ya habían comenzado a notársele las costillas. Es que llevaba demasiado tiempo comiendo poco. Y mal. Que un día mordisqueaba unos yuyos desabridos que crecían por allí, que otro día masticaba una papa vieja que encontraba por allá, que alguna vez roía un hueso pelado que alguien dejaba abandonado… Cualquier cosa que lograra calmarle los ruidos de la panza y, sobre todo, el hambre. No es que a la zorra le gustaran esos bocados. ¡Qué va! Ella prefería deleitarse con otros manjares más sabrosos, más suculentos, más exquisitos… Como un buen pedazo de carne. Pero últimamente la zorra ya no estaba tan ágil ni tan rápida, tal vez por la falta de comida. No podía cazar ni un conejo ni un ratón ni siquiera una lombriz. Todas las presas se le escabullían delante del hocico y la dejaban más hambrienta y más furiosa que antes.

Y así estaba justamente la zorra una tarde, hambrienta y furiosa. Ya se le habían escapado cuatro pájaros, dos corderos, cinco patos, tres liebres y hasta una cabrita, cuando vio a lo lejos, al lado de una arboleda, a un grupo de gallinas. De lo más tranquilas estaban, picoteando el suelo y comiendo unos granitos quizás de maíz o de trigo. Vigiladas, eso sí, por la atenta mirada de un gallo que las observaba paradito sobre una cerca de madera.

La zorra se relamió de solo pensar en semejante banquete. Y en lugar de abalanzarse como una loca hacia ellas, se escondió detrás de unos matorrales para estudiar el terreno y elaborar un plan de acción.

—Las gallinas son lentas. No pueden volar ni correr demasiado. Todas no podrán huir al mismo tiempo. Si el gallo no me descubre y las sorprendo desde aquel costado, quizás pueda capturar a aquella de plumas coloradas… O a la otra, la blanquita. O a la de más allá que está bien gordita…

Se acercó en puntas de pata. Sin hacer un solo ruido. Sigilosamente. Y cuando ya estaba a solo unos pasos… ¡ZÁCATE! se apareció de sopetón. Pero no tuvo suerte. En cuanto asomó la punta del hocico, las gallinas y el gallo aletearon un poco y se subieron a las ramas de un árbol. Alto era el árbol. Muy alto. Demasiado para que la zorra intentara treparse.

Esta vez, sin embargo, la zorra no estaba dispuesta a darse por vencida y a quedarse con hambre. Tenía que haber una forma de engañar a las gallinas y al gallo, y lograr que alguna al menos, sino todas, se bajaran del árbol y terminaran en su barriga. ¿O acaso no era ella la más astuta de todos los animales? ¿O acaso no era la más viva, la más lista, la más inteligente? Por eso la zorra se puso a pensar y a pensar y a pensar y, de pronto, tuvo una idea. Era una gran idea. Una idea estupenda. Se acomodó los pelos, se estiró los bigotes y, mientras hacía una reverencia muy elegante, digna de una reina, saludó con la voz más amable que pudo poner:

—Buenas tardes, estimados amigos.

Las gallinas se miraron unas a otras extrañadas de tanta amabilidad, pero no contestaron. El que sí respondió, desde la rama en la que se encontraba, fue el gallo.

—Nosotros no somos amigos.

La zorra fingió admirarse por estas palabras.

—Pero ¿cómo? ¿No se han enterado? ¿No les ha llegado la noticia?

Las gallinas volvieron a mirarse unas a otras y después miraron al gallo que frunció un poco la cresta y preguntó intrigado:

—¿Qué noticia?

La zorra sonrió un poquito. No mucho. Para que no se notara lo contenta que estaba. Porque su idea estaba dando resultado.

—¿Cómo qué noticia? La mejor noticia, la noticia más esperada, la noticia que todos queríamos escuchar: que ayer se ha firmado un acuerdo de paz entre todos los animales. Ya no existen rivalidades ni odios ni rencillas. Ya no habrá rencores ni peleas ni enemistades. Todos somos ahora amigos. ¿Qué digo amigos? Hermanos.

Las gallinas dudaron y miraron al gallo con cara de SERÁVERDADLOQUEESTÁDICIENDO. El gallo no abrió el pico para decir nada. Ni pío. Ni quiquiriquí. Y la zorra envalentonada por ese silencio siguió con su argumento.

—Y ahora que hay paz entre nosotros, ahora que nos hemos reconciliado, ahora que somos amigos, les pido que bajen del árbol y nos demos un fuerte abrazo para celebrar.

La zorra tenía ganas de restregarse las patas al ver el desconcierto de gallo y gallinas.

—Se lo creyeron —pensaba—. Ahora bajarán y me los comeré a todos.

Pero, en ese momento, el gallo vio algo a lo lejos y dijo:

—Mi querida amiga, ¡qué buena noticia, en verdad, nos has traído! No sabíamos nada de eso. Y estamos tan contentos que bajaremos enseguida, en cuanto lleguen aquellos otros amigos que vienen hacia aquí.

La zorra giró de inmediato y vio a dos perros que se acercaban a gran velocidad. Enormes eran los perros. Y con unos dientes…

Ni un segundo tardó la zorra en salir corriendo.

—No te vayas —le gritó el gallo muerto de risa—. No te harán daño. ¿Acaso no se ha firmado la paz? Ellos seguramente también quieren festejar dándote un fuerte abrazo.

¿Que si la zorra lo escuchó? No, ya estaba lejos. Muy lejos. Y refunfuñando sin parar. No solo porque se había quedado otra vez con hambre, sino porque el gallo la había embromado.

CoordinaCión y arte: María Laura Martínez - EdiCión: Guadalupe Rodríguez - iLustraCión: Victoria Assanelli.

El asno y el lobo y otras fábulas
1ra. edición – 3000 ejemplares
Impreso en Arcángel Maggio – División libros.
Lafayette 1695, Buenos Aires, Argentina
febrero 2014

ISBN 978-950-24-1483-6

LIBRO DE EDICIÓN ARGENTINA

Cinetto, Liliana

El asno y el lobo, y otras fábulas / Liliana Cinetto ; ilustrado por Victoria Assanelli. - 1a ed. - Ciudad Autónoma de Buenos Aires : Albatros,
2013.

32 p. : il. ; 21x21 cm.

ISBN 978-950-24-1483-6

1. Literatura Infantil y Juvenil Argentina. I. Assanelli, Victoria, ilus. II. Título

CDD A863.928 2